이토록 환해서 그리운

# 이토록 환해서 그리운

글·그림 전수민

해와 달을 그리는 화가 전수민의
마음을 밝히는 이야기

마음의숲

나는 외할머니가 기도로 빌어서 키운 아이였다. 둥근 달이 뜨면 할머니는 하얀 그릇에 새벽 첫 샘물을 떠놓고, 모두의 안녕을 위해 기도하셨다. 그럴 때면 나도 옆에 앉아 제법 진지하게 손을 모으고 무엇이든 빌곤 했다. 지금 생각해보면 그것은, 오직 마음만으로 다른 사람의 마음을 움직일 수 있는 경이로운 일이었다. 그래서인지 달을 올려다보면 그리운 많은 것이 떠오르고 어느새 마음속은 따뜻한 무언가로 가득 차오른다.

언젠가부터 '그리다'라는 말을 '그리워하다'는 의미로 여기고 있다. 그리는 일은 그저 보이는 것을 그대로 옮겨놓는 것이 아니라 마음을 고스란히 드러내는 일이기 때문이다.
문자가 없던 아주 오랜 옛날에는 누군가의 죽음을 애도하기 위해 돌에 무늬를 새겼는데 그것이 인류 최초의 그림이 되었다. 그 옛날에도 사람이 죽으면 그 슬픔을 새기고 그리워했던 것이다. 그린다는 것은 마음을 담는 일이다. 우리나라 전통 그림을 살펴보면 그림자가 없고 원근법이 생략되어있는데, 그것 또한 기교보다는 그리고자 하는 대상에 내재된 본질과 특성이 더 중요하다고 생각했기 때문이었다고 한다. 살아있는 사람만이 그림자를 가지기 때문에 그림에는 그려 넣지 않은 것이다. 옛날 사람들은 사람 자체를 가장 귀하게 여겼다. 그리고 사람의 안녕과 평안을 바라는 의미를 그림마다 담았다. 나는 그런 전통 의미들이 너무 애틋해서 그림을 그릴 때마다 매번 끄집어내어 새기지 않을 수 없다.

최근에 어떤 사람이 달무리가 진 벚꽃나무를 보고 '장난이 아니다'라고 말하는 걸 들었다. 왜 '아름답다'고 말하지 않았을까. 그러고 보니 우리는 아름다운 것을 보고도 아름답다고 말하지 않는 세상에 살고 있다. 사람들은 보다 자극적인 것에 마음을 빼앗기고 조금 왜곡된 표현들에 흥미를 느끼는 것 같다.
많은 것들이 빨라지면서 시간이 걸리는 것을 좀처럼 참지 못하고, 어떤 것이 소중한지 알고 있으면서도 쉽게 잊는다. 어쩌면 그래서 말도 안 되는, 인륜마저 저버리는 사건사고들이 일어나는지도 모른다. 그런 사람들이 참 안쓰럽다. 결국 비가 오면 비를 피하고 추우면 옷을 여미는 사람들이. 눈에 보이지 않는다고 해서 자신도 모르게 망각하고 그저 삶에 쫓기고 마는 사람들이.

나는 시골에서 나고 자라 자연을 기다리는 법을 피부로 체험하며 컸다. 그것은 언제나 내 힘의 원천이다. 그래서 시간이 걸리더라도 정성으로 스미고 켜켜이 쌓는 느린 그림 그리기에 익숙하다. 그것은 내가 사랑하는 사람을 오래오래 들여다보고 추억하는 기쁨과 같다. 그래서 내 그림에는 해와 달이 들어있고, 세월도 들어있고, 소망도 들어있고, 고향도 들어있고, 나도 들어있고, 우리도 들어있다. 그런 그림을 오래오래 마음으로 보아주었으면 해서 오래오래 정성을 다해 그리는지도 모르겠다.

이런 느린 그림 이야기를 편안하게 풀어서 들려주고 싶었다. 그림이라는 하나의 세상을 조심스럽게 삶의 이야기와 함께 펼친다. 이것이 소중한 사람들에게 천천히 마음을 내어주고, 힘주어 끌어안아 위로하는 일이 되기를 소망한다.

2016년, 옛 봄을 그리워하는 봄날
전수민

'사랑'이라는 글자 위에
나비가 내려앉다

나비는 그 작은 심장으로
단 한 번 아름답게 변화하는 꿈을 꾼다

어떤 달,
수평으로 모이다

준비하다

# 꿈꾸는 달

변화를 위해 첫발을 내딛는 달

기어 다니는 나비의 유충을 보고 우리는 나비라고 하지 않아요.
스스로를 가둔 번데기를 보고도 우리는 나비라고 하지 않아요.
날개를 펼치고 날아야 비로소 나비라고 하죠. 이상해요.

세상 모든 나비의 유충들이 성충이 되진 못해요.
유충일 때부터 수많은 위험에 놓여서
성충으로 우화할 확률은 고작 2퍼센트에 불과하다고 해요.
이것이 나비의 날갯짓이 아름다운 이유이자,
사람들이 비로소 '나비'라고 인정하는 이유일 거예요.
이처럼 나비는 알에서부터
'꼭 나비가 되기 위해서' 모든 시련을 이겨내요.
우리는 그것을 잊으면 안 돼요.

언젠가 몸을 옆으로 비스듬히 숙여
햇빛이 닿는 면적을 넓게 하여 한쪽 날개를 데우고,
이어서 반대로 기울여 다른 쪽 몸을 데우는 나비를 본 적이 있어요.
그 나비는 도무지 두려움이라곤 없는 것 같았어요.

완전변태(完全變態), 30 x 30 cm, 한지에 채색, 2016

일월연화도(日月蓮花圖)-내려앉다, 65 x 95 cm, 한지에 채색, 2015

그림은 그리움의 다른 말이에요.

그림은 기다림의 줄임말이지요.

화가는 그림으로 바람도 잡고 해와 달도 동시에 잡아내요.

어쩌면 보이지 않기 때문에 그려낼 수 있어요.


해와 달은 늘 같이 있어요.

그곳이 아니면 저곳에.

항상 그랬어요.

우리가 지구를 버티고 있는 내내 모두에게 공평했지요.

우리가 알 때도 그랬고,

우리가 모를 때에도 그랬어요.

세상 어느 누구도 햇빛이나 달빛을 더 가질 수는 없어요.


오랫동안 세상의 평화를 그리워했어요.

어느 날 평화로 가기 위한 통로를 해와 달이 있는 그림 안에서 보았어요.

그것은 시공간의 통로 같은 것이었어요.

나비가 인도해주었지요.

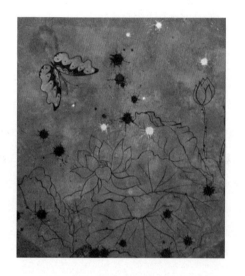

일월연화도(日月蓮花圖)-나비효과I (부분), 한지에 채색, 2015

그 나비는 그림 안에 머물다 나와서
'사람'이라는 글자 위를 날다가
'사랑'이라는 글자 위에 내려앉았습니다.

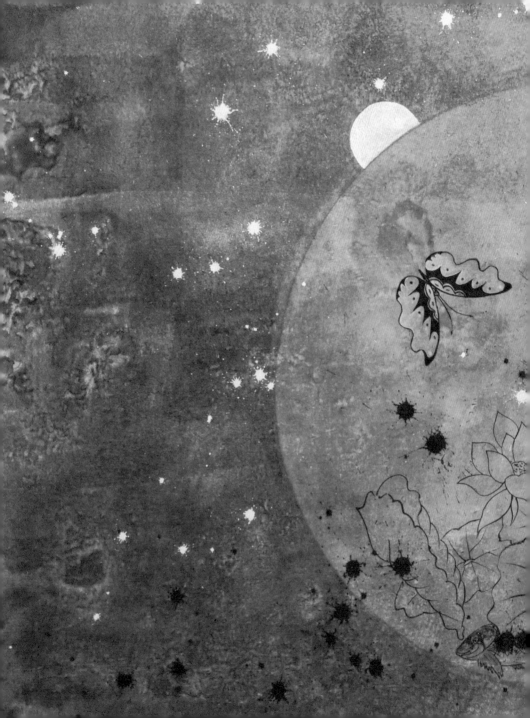

일월연화도(日月蓮花圖)-나비효파나, 210 x 130 cm, 한지에 채색, 2015

나비의 날갯짓이 지구 반대편에선

태풍을 일으킬 수 있습니다.

봄 달,
위로 솟다

시 작 하 다

# 물오름달

상월, 산과 들에 물오르는 달

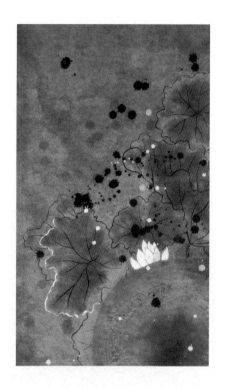

일월연화도(日月蓮花圖)-피어오르다 (부분), 한지에 채색, 2015

이른 아침 연꽃의 꽃잎 속을 들여다보면
그 안에 태양이 들어있는 것을 볼 수 있어요.
연밥은 물 빠진 연못 바닥에서도 오래 살 수 있어요.
2천 년 묵은 종자가 발아한 예도 있지요.
겉보기엔 가만히 수동적이지만,
그 속엔 강인함이 숨어있어요.

태어나서 처음 본 꽃이 연꽃이었어요.
계절마다 모습이 변해 볼 때마다 뭐냐고 물었던 것 같아요.
연꽃은 늪이나 연못에서 자라지만,
더러운 진흙에 물들지 않으면서도 맑은 향기를 내지요.
고결하고 미묘해요.
꽃과 동시에 곧 열매를 맺고 피고 지기를 거듭해도
그 본질은 달라지지 않아요.

턱없이 마음을 파고드는 것이었다.
어여쁜 새순은,
아름답게 피어나는 모든 것은.

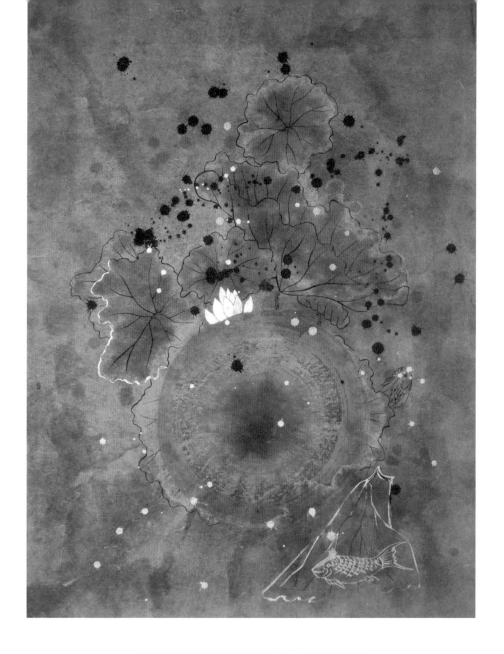

일월연화도(日月蓮花圖)-피어오르다, 125 x 95 cm, 한지에 채색, 2015

일월연화도(日月蓮花圖)—틀을 깨다, 40 x 60 cm, 한지에 채색, 2016

나비 유충은 세상에 나오면
자신을 싸고 있던 알껍데기부터 갉아 먹는다.
그것에는 두 가지 이유가 있다.
하나는 식물의 거친 섬유질을 소화하기 전에
미리 부드러운 것을 먹어두는 것이고,
또 다른 이유는 알껍데기를 갉아 먹어 흔적을 없앰으로써
다른 천적들로부터 자신을 보호하기 위해서이다.

우리도 자신을 지키기 위해서
더 나은 사람이 되기 위해서
자신을 둘러싸고 있던 것들을 깨부수고 없앨 줄 알아야 하지 않을까.
그건 다름 아닌 자신만이 할 수 있는 일이다.

일월연화도(日月蓮花圖)-기적, 40 x 60 cm, 한지에 채색, 2016

우리가 염원하는 '기적'은
세상의 그 어떤 '변화'는
아주 작은 움직임에서 시작된다.

성 장 하 다

# 잎새달

사월, 찬인하도록 푸른 달

생명이 있는 모든 것은
가벼운 봄을 위해
무거운 겨울을 난다.

일월연화도(日月蓮花圖)-나비효과II, 210 x 130 cm, 한지에 채색, 2015

해가 짖어 잠이 깨요.
햇빛은 창문에 부딪치고 일렁이고 무너지고 짓이겨지고 있었어요.


해도 두려워하지 않는 아이들,
그 파랗게 부서지는 낮에 빛을 더하던 아이들의 머리카락.


언제나 아이들은 무럭무럭, 멈추지 않아서
그 순간이 더 반짝반짝 빛나는지도 모르겠어요.

일월연화도(日月蓮花圖)-사월 (부분), 한지에 채색, 2015

일월연화도(日月蓮花圖)-사월, 65 x 40 cm, 한지에 채색, 2015

봄이면 겁먹는다.
연초록 새순에 겁먹고,
만지면 흩날려 사라지게 될 민들레에 겁먹는다.

마침, 내가 생각하던 노래를 어떻게 알았는지
허밍하던 너로부터 겁먹고,
그런 하늘 아래, 생각하면 먹먹해지는 어느 때가
어김없이 또 생각날까 봐 겁먹는다.

이 봄도 내가 어찌할 수 없고,
네 맘도 내가 어찌할 수 없어서.

새순은 계절도 없이 몇 번이고 다시 났으면 좋겠네.
민들레 홀씨는 언제든 내 곁으로 돌아오면 좋겠네.
너는, 기승전결을 갖춰
내 마음 내킬 때 정돈할 수 있는 서랍 속에 있었으면 좋겠네.

나를 둘러싼 공기 한 줌도 우주인데
우주와 가까워지려고 했어요.
모든 것이 자연인데
더욱 자연스러워지려 했어요.
다름 아닌 내가 그리움 자체인데
무엇이든 그리워하려고 애썼어요.
그래요, 그렇게
우주를 오해하고, 자연을 오해하고, 나를 오해하면서
조금씩 거스르고, 그리하여 어울려가려고.

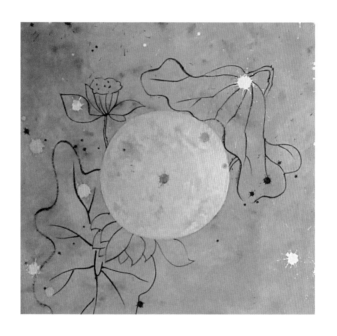

일월연화도(日月蓮花圖)–조화, 30 x 30 cm, 한지에 채색, 2016

일월연화도(日月蓮花圖)-초록나비, 30 x 30 cm, 한지에 채색, 2016

어쩐지 '지금 떠나'와 '지금 돌아가'는 비슷한 말인 것 같다.


떠나는 것처럼 집으로 돌아가면,
촉촉한 초록 봄
초록 숲에 초록 집을 짓고
초록 주전자에 물을 끓여
그 물이 미지근해질 때까지 창가에 앉아
"초록, 초록" 하고 말할 수 있다.

익숙한 곳을 낯설게 다녀왔다.

꿈을 꾸듯 나풀대며 뛰어다녔다.

그 순간,

날아보지도 않았으면서 그동안

날아갈 것 같은 기분을 쉽게 말해왔단 걸 알았다.

바람만 있으면 날개 없이도

훨훨 날아오르는 민들레 홀씨보다도 못하면서.

일월연화도(日月蓮花圖)-여행, 40 x 30 cm, 한지에 채색, 2016

백밤의 둘레, 125 x 95 cm, 한지에 채색, 2016

잔인한 사월의 벚꽃이

초속 5센티미터로 떨어져요.

그 바람에 나는

기어이 잠 밖으로 떨어져 나왔어요.

자꾸 잠을 놓쳐요.

잠에 빠져들고 싶다가도

달리 또 놓치는 건 없나 싶어

생각을 여러 번 고쳐하다 보니

그런 것 같아요.

어제 머리카락을

15센티미터 정도 잘라냈어요.

손톱도 0.2센티미터 깎아서

손끝이 발그스름해졌지요.

뭐, 나는 살아서 그런 것 같아요.

그래서 멈춰있지 않달까.


그러니까 사람은,

움직일 수 있는 사람이라면

멈추어버린 사람을 위해서

움직여야 하고요.

일월연화도(日月蓮花圖)-원만I, 15 x 35 cm, 한지에 채색, 2015

초록은 초록 같지도 않은데,

이름이 왜 초록일까.

그에 반해 분홍은 충분히 분홍 같다.

분홍은 '충분히 분홍'이라는 말과도 너무나 닮았다.


지천으로 초록과 분홍이 널린 날들,

당신의 봄날은 충분히 안녕한가요?

방울토마토나무를 오래오래 쳐다보시는 할머니를 보았어요.
잘 익은 걸 고르는 것도 아니고,
물이나 거름을 주려는 것도 아니고,
그냥 한참을 보시기만 했어요.
웃으시는 것 같기도 하고 우시는 것 같기도 했지요.
나는 또 그런 할머니를 오래오래 쳐다봤어요.

정확히 말하자면
할머니랑 눈이라도 마주칠 것 같은 순간엔
방울토마토나무를 쳐다봤지만요.

일월연화도(日月蓮花圖)-원만II, 20 x 35 cm, 한지에 채색, 2015

일월연화도(日月蓮花圖)-원만III,
15 x 35 cm, 한지에 채색, 2015

새소리에 잠이 깨어 부드러운 꽃밭에 뒤척이고 있을 때,

연보랏빛 보슬보슬 토끼 한 마리가 깡충깡충 다가왔습니다.

"샘물이 있는 곳을 알려줄게."

(어쩐지) 빨간 구슬 같은 토끼의 눈은 흔들흔들 지쳐있었고,

털끝은 마구 곤두서 있었습니다.

"응." (샘물이 아니라도) 내 곁을 허락해주었습니다.

"대신 내가 네 털을 좀 쓰다듬어도 되겠니?

아, 그러고 보니 나도 저기 숲 속에서

무언가가 포효하는 듯한 소리를 들었어."

토끼는 내 곁에 몸을 웅크리기가 무섭게

긴 속눈썹을 드러내며 이내 곧 잠이 들었고,

난 가만가만 토끼의 (쌔근쌔근) 숨을 살폈습니다.

토끼의 발톱은 가지런했지만 딱딱한 무언가를 헤쳐나온 듯 닳아있었고.

내 손끝에 만져지던 털은 차근차근

연두색 솜털이 되어 가지런히 편해졌습니다.

겨울을 이겨내고 봄으로 왔어, 하는 잠꼬대를 들은 것 같았을 때

이 봄날은 햇살을 품고

점점 더 근사해지고 있다고 생각했습니다.

무언가를 기다리는 아이의 오후는
평소보다 길어지고 구름의 그림자도 길게 늘어진다.
그래서 해를 가두고 싶었지만,
그 방법을 모르는 아이는
늘 햇볕을 머금은 모래나 잔뜩 퍼 왔다.


세월은 그쯤에서 시작하여 노래를 부른다.
영원한 숫자가, 날짜가, 보는 건 어려워도 들리는 소리들이,
모든 것이,
빛나고 부서진다.

아이, 달을 받치다, 50 x 50 cm, 한지에 채색, 2015

아 끼 다

고향의 봄, 75 x 60 cm, 한지에 채색, 2014

# 푸른달

오월, 마음이 푸른 모든 이의 달

사는 동안

곁에서 한 번도 변함이 없었던 것들을

홀대하면 안 돼요.

이를테면 동구 밖의 100년 된 나무라든가,

큰 산이라든가, 넓은 대지와 깊은 바다라든가,

계절을 받아들이는 모든 자연이라든가.

그리고

우리 엄마, 아빠, 가족들.


부모님이 계신 그곳이 바로 고향이에요.

그런 고향이 저물면

우주 안에서 하염없이 영영 헤매겠지요.

어린 시절 집 앞 담벼락에는
먹을 수 있는 방아잎이 있었어요.
엄마는 된장찌개를 끓일 때 늘 방아잎을 넣으셨는데,
꼭 나한테 그 방아잎을 따오라고 시키셨어요.
구수한 된장찌개 냄새가 집 안 가득 피어오르면,
책을 읽다가도 문턱에 다리를 걸치고는 엄마가 부르기를 기다렸지요.
그러나 막상 엄마의 명령이 떨어지면 미적미적 나갔어요.


왠지 방아잎의 목을 따면
그 목 따는 소리가 참으로 구슬펐어요.
나도 늙어져서 다시 흙으로 돌아간다는 것을
그때 진작 알았더라면,
된장찌개를 조금 더 맛나게 먹을 수 있었을 텐데.

일월산수도(日月山水圖)III, 30 x 70 cm, 한지에 채색, 2014

일월산수도(日月山水圖)Ⅱ, 30 x 70 cm, 한지에 채색, 2014

어릴 적 살았던 바닷가 외할머니 집을 사람들은 '사량도'라고 불렀다.
조용한 방 안으로 들어오던 따뜻한 햇볕과
반짝반짝 빛나던 바다가 생각난다.
누구보다 나에게 다정했던 외할머니를 나는 사랑했다.

난 바닷가에서 오래 살았지만 헤엄을 배우지 못했다.
그래서 물고기와 바다에 잠길 수 있는 생물들이
무척 신기하고 굉장해 보였다.

외할머니는 아궁이 불을 피우기 위해
일주일에 한 번씩은 나뭇짐을 했는데,
그때마다 산속에 널려있던 나뭇가지와 갈색 솔잎들을 모았다.
할머니는 집채만큼 커진 무거운 나뭇짐을 지고 오는 대신,
산 높은 곳에서부터 아래로 굴려가지고 내려왔다.
나는 그런 외할머니가 참 위대해 보였다.

어릴 때 100까지 셀 수 있었어요.

백 밤 자면 엄마가 온다 했으니까요.

그런데 어른들이 말하는 100이란 이상한 숫자였어요.

딱 떨어지는데도 영원하기 짝이 없었지요.

일월산수도(日月山水圖)I, 30 x 70 cm, 한지에 채색, 2014

일월산수도(日月山水圖)-휴식, 25 x 70 cm, 한지에 채색, 2014

처음 혼자서 머리를 묶을 수 있게 되던 날,
어른들은 "이제 다 컸구나!" 하고 말했다.
그리고 어느새 나도 그만,
말 잘 듣는 아이들을 보면
"다 컸네!" 하고 말하는 어른이 되었다.

열일곱 살의 다리는 잠들 때만 되면 이유 없이 욱신욱신 아팠다.
그저 사람들이 '뒤늦게 크려나 보다' 하니까
마냥 그런 줄로만 알았다.
크는 게 아프니까 차라리 죽겠다 생각해본 적은 없어도,
안 커도 되니까 그만 좀 아팠으면 했던 적은 있다.
곁에 돌봐줄 누군가가 있다 해도
지켜보는 것 외에는 달리 별 수가 없는 그 통증은,
'온전히 자신으로 버티어가는 과정'이었다.

분명히 아프지만
아무도 수선 떨진 않는다.
생각해보라.
내가 나로 버틴다는 것,
얼마나 웅장한 일인가.

시간의 달팽이-성장통, 50 x 50 cm, 한지에 채색, 2015

태평성대(太平聖代), 90 x 65 cm, 한지에 채색, 2014

엄마.

웬일이냐?

그냥요.

엄마, 사랑해요.

응?

엄마 사랑한다고요!

너 무슨 일 있니?

아뇨, 사랑해요. 아주 많이요.

이제 더 자주 얘기할게요.

서풍이 불면, 25 x 25 cm, 한지에 채색, 2014

산다는 건 그런 것이란다.

넘어지지 않으려 뒷걸음치다가 개똥 위로 자빠지기도 하고,

마주 오는 자전거를 피하려다가 구덩이에 빠지기도 하지.

"앞으로는 괜찮을 거야"라는 말은 쉽게 해줄 수가 없구나.

혹 내 말을 듣고 앞으로 더한 일은 없을 줄 알고 안심했는데,

또 그런 일이 일어나면 아마 더 큰 공포에 사로잡힐 테니 말이야.

불행하게도 살다보면 더 힘든 순간이 올지도 몰라.

세상의 어려운 일은 그 모양만 바뀔 뿐 지긋지긋하게도 계속되지.


하지만 중요한 건,

그렇다는 것을 알고 얼마든지 각오하면 된다는 거야.

그것이 우리가 두려움을 극복하는 가장 편안한 방법이 아닐까.

모든 사랑에는
산책이 필요하다.

우주의 오름길, 210 x 130 cm, 한지에 채색, 2015

여름 달,
사방으로 퍼지다

빛나다

# 누리달

유월, 온 세상에 생명의 소리가 가득 차 넘치는 달

나비효과II (부분), 한지에 채색, 2015

비오는 날의 사람들은 어쩐지 모두 착해 보인다.

태풍 속에서는 사람들이

비바람에만 집중하고 차근차근 걷는다.

수많은 낙엽과 우산들이 도처에 널려있고,

신발들은 익사되고,

무언가 사람들은 겁먹은 듯해서

묘하게 아름답고 생생하다.

누구에게나 틈이 있듯,
지구에게도 틈이 있다.
지구는 그 틈으로 숨을 쉰다.
때로는 격한 숨을 몰아쉬기도 한다.
살아남기 위한 몸부림 같은 것이다.
지구가 터지지 않는 건
순전히 그 '틈' 덕분이 아닐까.

일월연화도(日月蓮花圖) 나비효패, 210 x 95 cm, 한지에 채색, 2015

일월연화도(日月蓮花圖)-우주 (부분), 한지에 채색, 2015

저 멀리 해는,

또 달은

어떨 때는 너무 작고

어떨 때는 너무 커요.

어떨 때는 가슴에 품고

어떨 때는 차고 넘치지요.

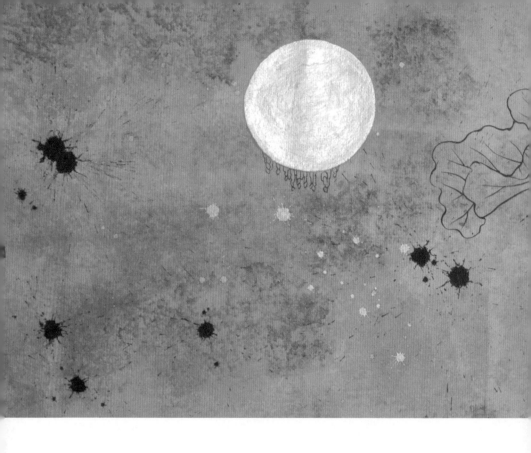

일월연화도(日月蓮花圖)-우주, 125 x 45m, 한지에 채색, 2015

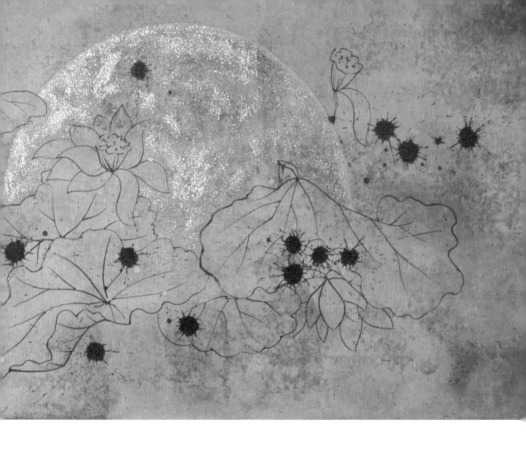

우주를 얘기하다가

저녁을 먹는 게 이상했어요.

우주 같은 걸 먹지 않고,

기껏 먹다 남은 반찬에 식은 밥이나 먹는 것이.


하지만 생각해보면 사실 쌀 한 톨도 우주예요.

목숨을 연명하기 위해 삶을 살아가는 나도 우주이고.

일월연화도(日月蓮花圖)-흐름I, 70 x 45 cm, 한지에 채색, 2015

'생애'라는 말에는 엄청난 무게와 박력이 있다.
생애라는 말은
투명하고 파란 밤, 맹렬하게 흘러가는 구름 같다.

가난이라는 글자는 그 자체가 야위고 기력이 빠진 듯해도,
'가난'은 왠지 '그렇지만'을 닮았다.
주변에 가난을 딛고 자신을 버텨온 사람들이 많이 있다.
그들은 가난하다. '그렇지만' 반짝반짝 꿈을 꾼다.
그래서 그들의 눈빛도 반짝반짝 빛이 난다.

일월연화도(日月蓮花圖)-흐름II, 70 x 45 cm, 한지에 채색, 2015

나도 한때는 술을 좋아했었다.

술을 마시면 현실이 조금 달라지는 게 재미있었다.

사실 나는 다섯 살 때부터 동동주에 밥을 말아 먹을 줄 아는 아이였다.

물론 자주는 아니었지만,

할머니를 따라 매실주에 절은 매실도 하나씩 먹었다.

할머니랑 단둘이었지만,

어쩌면 그래서 자주 기분이 좋고 신이 났던 유년을 보냈는지도 모른다.


(술을 마시면) 해는 불덩이가 되어 활활 떠올라 있으니까 재미있고,

모든 건널목이 흔들다리 같아서 재미있었다.

술을 마시면 나만 빼고 모두 비겁해 보여서

스스로만 재미있었는지도 모른다.

그런 시절에는 목이 말라 편의점에 들어가도,

물 값이 아까워서 다소 낮은 도수의 (물 값에 가까운) 술을 사서

발칵발칵 마셨고,

그러고 나면 아, 목이 말라 죽겠는 현실이 달라진 게 재미있었다.

(술을 마시면) 조금 웃긴 일이 이상하게도 '너무' 웃기고,
조금 슬픈 일도 차곡차곡 자꾸 생각이 나서 엉엉 울게 되는 게
참 재미있었다.

하지만 또 그래서 술을 마시지 않은 지 1년이 다 되어간다.
현실을 있는 그대로 똑똑히 지켜보게 되니,
많은 것들이 신랄하게도 가슴이 아파져서 때로는 고통스럽다.
술이라면 단 한 방울도 입에 대지 않는 나를 보고,
주변 사람들은 정말 놀랐다.
나는 이제 맨 정신의 예술가이고,
온전한 정신으로 그리는 날들의 연속이고,
해와 달은 말갛게 그대로 떠있고,
내 애인 같던 모든 이들은 다른 사람의 애인이 되어서
재미는 없지만.
그 어떤 방해 없이 내 안에 내가 고스란히 들어가게 되었다.

백밤의 물레, 40 x 30 cm, 한지에 채색, 2014

사 랑 하 다

# 견우직녀달

칠월, 선남선녀가 만나는 아름다운 달

나비의 짝짓기는

평생에 단 한 번이다.

그래서 짝을 고를 때 무척 신중하다.

날개 비늘로 자외선을 반사하여 나비끼리만 아는 신호를 보낸다.

그리고 신중히 향기도 보낸다.

짝짓기를 하고 나면 대부분의 수컷은 죽는다.

남은 암컷은 몇 시간 안에 알을 낳는다.

유충의 먹이가 될 만한 식물 위에다가 단단히.

일월연화도(日月蓮花圖)-호접몽, 125 x 45cm, 한지에 채색, 2015

일월연화도(日月蓮花圖)-호접몽 (부분), 한지에 채색, 2015

반듯하게 누워서 천장이나 바라보다가, 갑자기 할 수 있는 말.
수백 번을 삼키고 삼키다 할 수 있는 말.
"사랑해."
듣기 좋은 소리.


'…사랑해.'
'사랑해…?'
'사랑해, 사랑해.'


조금씩 다른 높낮이로 작지만 분명하게, 자꾸 할 수 있는 말.
결국 심장부터 미어져 오는 뭔가 때문에
맨발로, 맨발로 키만큼 걸어 나와서는
괜히 물 한 컵 마시고, 물 한 컵만큼의 눈물을 흘리게 되는 말.

우리는 현재에 있다.
새벽비는
새와 함께 지저귀며
향긋한 바람을 보낸다.

우리는 현재에 있어서
수면의 목전에서 결국 잠에 들지 못하고
위로 똑, 아래로 딱, 소리도 내어보고
이내 허밍과 목청을 나란히 한다.

우리는 현재에 있는데,
가끔 '지나간 모든 것'을 질투한다.
어차피 지나간 것은 힘이 없다는 걸 알면서도,
우리는 현재에 있으니까.
사랑을 시작하기도 전에 사랑을 잃을 수는 없다.

일월연화도(日月蓮花圖)-푸른 달, 70 x 45 cm, 한지에 채색, 2015

일월연화도(日月蓮花圖)-열정, 40 x 25cm, 한지에 채색, 2016

격렬한 사랑,

101퍼센트의 터질 듯한 너무 지나친 사랑은

결국 그 1퍼센트 때문에 구멍이 나

세상 파도 속으로 조금씩 새어나가 버린다.

당시에는 영원할 줄 알고

때론 쉽게 토라지고, 쉽게 오해했을 것이다.

사랑이 끝나야 비로소,

자꾸만 흐르는 눈물과 콧물마저 닦으면 비로소 알게 된다.

지구와 우주를 먼지처럼 쪼개고 쪼개는 확률의 사랑이었다는 것을.

헹구어낸 맨 얼굴로
사랑을 했네.

울음도 주름도 고스란히 드러나는
촘촘한 얼굴로.
의도 없이 이미 저질러진 표정으로.

말랑말랑하게 속삭이다
발개진 볼에는
마침내 화장보다 언어보다
하나의 입술이
더 가까워졌네.

일월연화도(日月蓮花圖)~봉황도, 45 x 30cm, 한지에 채색, 2016

그래, 그래야 하는 거 아닌가.

그가 아니라면,

당장에 지구가 멈추어야 하는 게 맞지 않느냔 말이에요.

내 곁에 그가 없다면,

세상 모든 것이 산산조각 나야 해요.

땅은 두부처럼 으깨어지고

건물은 한 줄 바람에도 스러지고.

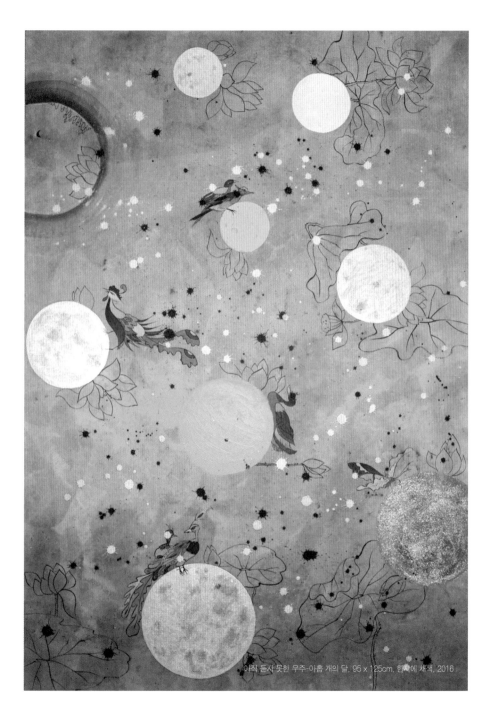

아직 돌지 못한 우주-아홉 개의 달, 95 x 125cm, 한지에 채색, 2016

일월연화도(日月蓮花圖)-천생연분, 40 x 30cm, 한지에 채색, 2016

그는 "보고 싶다"고 말하더니
곧 "너도 그러니?" 하고 물었다.
너도 내가 보고 싶니?


그런 질문은 바보 같다고 생각했다.
나는 솔직히 "오늘은 별로"라고 말했다.
그렇게 말해도 그는 따지지 않고 오히려 '분발'하기 때문이다.
그래서 나는 그를 더욱 아끼게 되고,
사랑을 저지를 가능성은 더욱 커진다.

아주 오래전에 누군가의 첫사랑이었어요.

그를 만나는 동안 나는 꼭 그의 첫사랑이 되기 위해 태어난 것만 같았지요.

언제나 내 이야기에 귀 기울여주었던 그 다정함은

기꺼이 냇가의 디딤돌 같아서,

사뿐히 딛고 어디든 건널 수 있었어요.


첫사랑이란 그런 힘이 있어요.

행복하길 바라게 되어요.

내가 서글피 울 때 당신도 울 것 같기에

내가 반짝반짝 꿈을 딛고 나아가면

해묵었던 당신의 추억도 빛난다는 것을 나는 진작에 깨달았어요.


지금은 다른 사랑이 곁에 있어서

정말 아는 체하고 싶지만

그래서 결국 모르는 척하게 되어도.

일월연화도(日月蓮花圖)~첫사랑, 40 x 60cm, 한지에 채색, 2015

달이 점점 차오르네요.

하늘이 더 맑아졌어요.

말간 사람의 얼굴을 떠올리다

내게 그이와의 추억이 없었다면 어땠을까, 생각했어요.

물론 살아는 왔겠지요.

'물론'이란 말이 왠지 비겁하게 느껴지지만요.

실은 며칠 동안 생각했어요.

추억은 모두 잊고

오직 현재 지금 이 현실에서만 살 거라고요.

그 생각 끝에 깜짝 놀랐어요,

어쩌면 추억은 현재를 있게 하는 힘이잖아요.

추억 속의 사람은

이 세상에 단 하나라서.

그 어떤 누구도 똑같이 반복할 수 없고.

그 어떤 누구도 하지 못한 것들을 하고.

적어도

그 어떤 누구도 내 눈을 그렇게 바라볼 수는 없어요.

뭐라 형언하기 힘들어서,

그냥 뻔한 표현은 너무 분해서,

숨이 턱턱 막힐 만큼 소중하죠.

그럼에도, 영원을 약속할 순 없었어요.

그래도, 다시 만날 수 없더라도

생각만으로도 언제나 힘이 되어주는 그런 사람이 되기를

소망할 수밖에요.

꿈꾸다

# 타오름달

팔월, 하늘에서 해가 땅 위에선 가슴이 타는 정열의 달

꿈을 꿨어요.

작은 난쟁이가 벽에다 글을 썼죠.

'진실은 힘.'

그래요, 진실만 한 힘은 또 없을 거예요.

일월연화도(日月蓮花圖)-문II (부분), 한지에 채색, 2015

일월연화도(日月蓮花圖) - 문Ⅲ (부분), 한지에 채색, 2015

꿀벌은

몸통에 비해 날개가 너무 작아서

실은, 날 수 없는 체형이라고 한다.

하지만 꿀벌은

자기가 날지 못한단 사실도 모른 채,

여전히 날고 있다.

일월연화도(日月蓮花圖)-문I, 125 x 95 cm, 한지에 채색, 2015

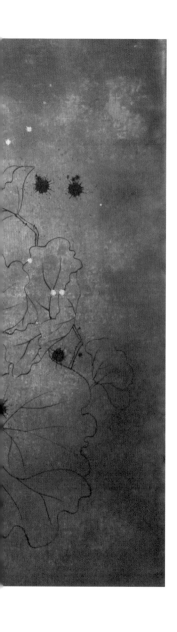

물고기 모양의 풍경이
소리 내며 허공을 울릴 때
우리는 바람을 배워요.
어떤 계절은 바람과 함께
'기적' 같은 단어 위로 쏟아지고
소리를 입고.

일월연화도(日月蓮花圖)-둥근 기억, 45 x 65 cm, 한지에 채색, 2015

어떤 동그란 기억은

바라볼수록 내 마음에 쏙 드는 곡선이 되어

나를 여미고

바람을 닫고

내게 촘촘히 스미고.

꺼져버린 음악 — 계속 빗방울 — 검정 길 — 하얀 공기 — 지나쳐 가는 자전거 촤라락 — 분홍 우산과 앞서 가는 검정 바지 — 갑자기 우산을 펼침 벌컥 — 무슨 임무라도 수행하는 듯한 일정한 내 걸음 — 점점 젖어가는 모자 — 급한 오토바이 부르르릉 — 스쳐 가는 웃음소리 — 고인 빗물 — 빗방울 수십 방울 수백… 수천… — 옛날의 비들 — 또 드는 그 생각 — 촤라라락 자동차 — 낮은 경적소리 — 또르륵 또르륵 처마의 빗방울 — "빨리 와, 비 오잖아!" — 드르르릉 정차된 소리 — 또각또각 — 계속 비 — 휴대폰 위에 방울방울…

　　　　　　　　　　　　　　　　　　　— 세상이 변해가는 소리

일월연화도(日月蓮花圖) - 순서, 45 x 65 cm, 한지에 채색, 2015

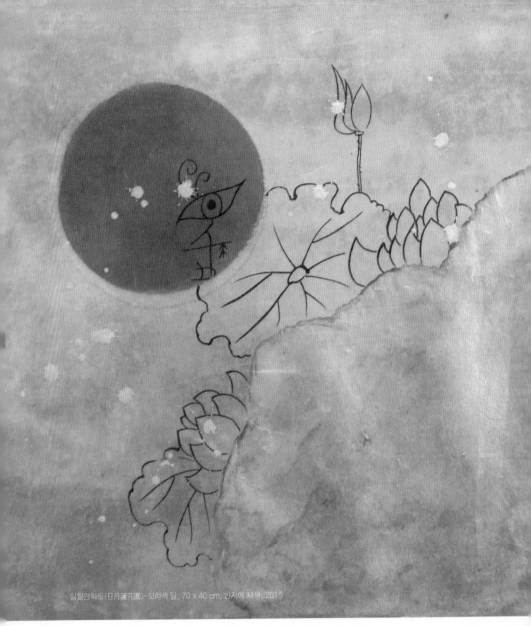

일월연화도(日月蓮花圖) - 보라색 달, 70 x 40 cm, 한지에 채색, 2015

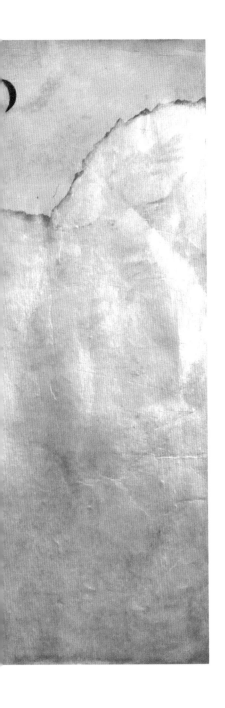

날이 거듭될수록
알게 되는 이름들이 많아진다.
자음과 모음으로 흩어졌다가도 다시 온다.
오롯한 이름으로.

그래서 함부로 길을 잃을 수도 없다.
어둔 밤마저 환한 빛으로 밝혀주는
당신들이 있으니까.

순서대로 달리는 자동차들과
순서대로 놓인 깃발들을 보는데
왠지 이상하다 싶었다.

근데 마침 창밖으로 색들이 순서 없이 흘렀고,
안심이 되었다.
아, 순서 없이 흐르는 색에 나는 마음을 빼앗겼으니까.
한곳에 마음을 주면 다른 한곳이 상실을 겪는 건 당연하니까.

기차가 통으로 몸을 떨며 움직임을 늦추고
사람들을 뱉었다 삼켰다 하는 동안,
빠른 속도가 풍경을 재빠르게 뭉그러뜨리는 동안,
당신은 별 수 없이 멀어지고
또 다른 당신은 점점 가까워지는 동안.

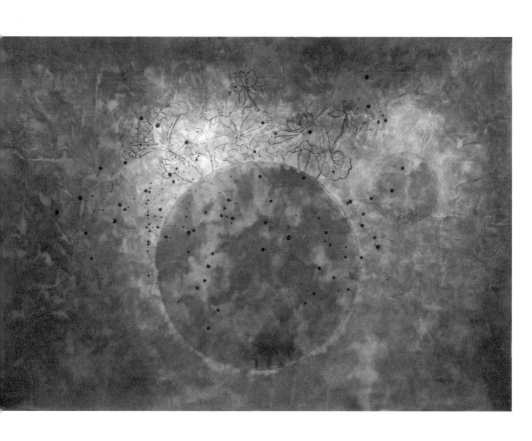

일월연화도(日月蓮花圖)-두 개의 푸른 달, 210 x 130 cm, 한지에 채색, 2015

하늘과 땅이 있고,
그 사이에 사람이 있어요.
하늘과 땅이 불완전하여
사람들이 상처받은 것 같지만,
실은 사람들이 불안정하여
우주가 상처받은 게 아닌가 하는
생각이 들어요.

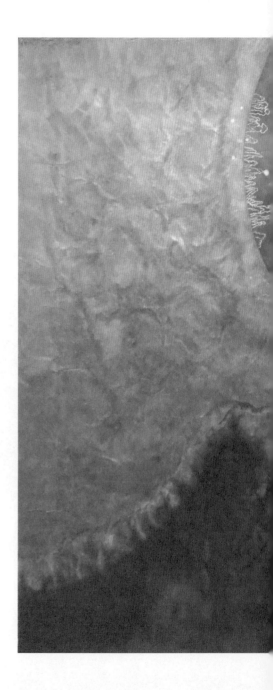

일월연화도(日月蓮花圖)-이루어지다, 210 x 130 cm, 한지에 채색, 2015

난 내가 부자를 꿈꾸는 줄 알았다.
난 내가 차를 갖고 싶어 하는 줄 알았다.
여자라면 높은 구두를 신어야 한다고 생각했다.

하지만 좁은 내 방에서 창문을 열어놓고 여유롭게 앉아
그림을 그릴 때가 가장 행복하다는 것을 알게 되었다.

어쩌면 사람들은 자신이 진정 원하는 것이 무엇인지도 모르고
스스로를 오해한 채, 그저 바쁘게만 살아가는 것은 아닐까.

일월산수도-보물 1호, 25 x 25cm, 한지에 채색, 2014

가을 달,
아래로 내려오다

이루다

# 열매달

구월. 가지마다 열매 맺는 달

가을 해의 숨은 멎어있어 가만히 보고 있기가 좋았지요.

일월연화도(日月蓮花圖)-일월오봉도, 210 x 130 cm, 한지에 채색, 2015

천공의 성, 40 x 30 cm, 한지에 채색, 2015

새벽녘 꿈자리가 서러웠다.

어떤 꿈인지 기억도 안 나고 깨어난 지도 한참인데,

나도 모르게 영원히 울 준비가 되어있었다.


별안간 세로로 놓이는 물의 빗금.

하늘이 대신 먼저 운다.

들고 있던 화판과 조카의 새 꼬까옷 위에도 비가 내린다.

빗물은 바람과 찰랑대며 그날처럼 내리고,

시외버스 바퀴가 빗물을 튕겨내는 엇박이 나를 다소 긴장시키는 사이.

물기 어린 고향의 푯말.

젖은 풀냄새로 에워싸인 시월의 저녁.

도깨비 살림, 25 x 25 cm, 한지에 채색, 2014

나는 방에 있었습니다.
'낯설다'는 것은 낯이 익습니다.
뭐든 양립되는 것을 동시에 받아들이는 습관은
(어떠한 계기 없이도)
내겐 익숙하게 이루어져 왔습니다.


나는 (물이 많은) 방에 있었습니다.
거울에 내 몸을 비춰보고
물기 있는 살갗에다 손가락으로
물기가 가시는 좁은 길을 만들면서
세월이 흐르는 것은 별로 괜찮아, 하고 생각했습니다.


나는 (건조한) 방에 있었습니다.
나침반을 열어 내 머리 둘 곳을 확인하고.
이 안에 살아있는 것은 나밖에 없구나, 하면서도
뜻밖에 안심도 했습니다.
나는 방에 있었습니다.
또, 나는 방에 없었습니다.
(그리고) 나는 어떠한 방에도 있었던 나를 기억했습니다.

'밤'의 기회를 놓칠 수 없어요.
특히 상처가 있다면,
덧없이 그냥 잠들 수는 없어요.
새살이 돋는 약을 바르고, 거즈를 덧댄 반창고를 붙여요.
다음 날 아침 그 상처는 아물어있을 거예요.


온몸 구석구석, 상처를 찾아볼 만도 하죠.
상처가 없다면
'거 참. 다행한 일'이 하나 생긴 거겠지요.

일월연화도(日月蓮花圖)-푸른 밤, 65 x 45 cm, 한지에 채색, 2015

'차라리'는
'차갑고, 날개가 있지만 날지 못하고,
지느러미가 있지만 헤엄치지 못하는,
낙천적일 수밖에 다른 도리가 없는'
요정 이름 같아요.


내리는 초작비와도 닮았고.

아득한 이야기, 116.8 x 91cm, 한지에 채색, 2015

성 찰 하 다

하늘연달

시월, 이룬 것을 돌아보는 달

어떤 사람은

내가 믿는 어떤 것도 갖고 있지 않았다.

그는 숫자를 믿고 권력을 믿었다.

그런 식으로 강했다.

그래서 그는 언제라도 이길 것 같았지만,

이기는 것은 졌다고 생각하는 사람 앞에서만

이루어질 수 있는 일이다.

나는 숫자나 권력보다

사람다운 마음이 더 크게 느껴졌으니 말이다.

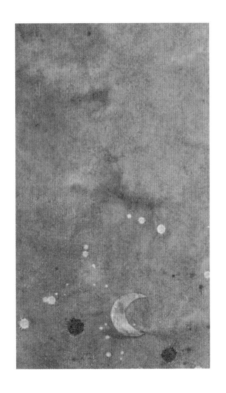

일월연화도(日月蓮花圖)-건국 (부분), 한지에 채색, 2015

달맞이, 25 x 25 cm, 한지에 채색, 2015

펼친 책들 위에 놓인 손목은

어쩐지 청순하고도 단단해 보여서 좋다.

읽게 되면 사색이 깊어지고,

사색이 시작되면 뱉는 말은 부드럽고,

언어들이 부드러우면

보다 시(詩) 같은 삶이 시작될 것 같아서, 좋다.

내가 미처 깨닫지 못한 과오까지 꼼꼼하게 뉘우치다 보니
놓인 손등에 소름이 돋습니다.
하나하나 떠올리다 보면 잘못한 일투성이입니다.
지문처럼 번진 나의 궤적 때문에
그것을 떠올리게 된 아침 내내
지나간 모든 비바람과 사계들을 거듭 다시 겪고,

(그리하여) 어떤 당신은 나아가지만,
나는 이곳에서 반성으로 머물고.

우주의 틈3, 50 x 35cm, 한지에 채색, 2014

오늘은 가만히 있었습니다.

떠나간 보름달이 슬퍼서.

일월연화도(日月蓮花圖)-반짝반짝, 60 x 95 cm, 한지에 채색, 2015

동서울 톨게이트에서 시속 100킬로미터로
5억 년 정도 달려야 도착할 수 있다는 카펠라는
우리 눈앞에서도 반짝반짝 빛난다.
눈으로 확인할 수 있는 모든 것은
그저 그만큼에 불과한 것 같지만,
어떤 사연이든 갖고 있다.
어딘가에 부딪혀서 아픈 빛을 만들어내고
무언가에 가려져서는 비명조차 못 지를지도.

인연의 섬, 30 x 40cm, 한지에 채색, 2013

가끔 생각이 납니다.

지나간 인연들은

보고 싶지 않아도, 아주 생뚱맞게도

이를테면 어떤 냄새가 나거나

발을 헛디뎌 넘어질 듯 휘청할 때나

과거라는 이름으로,

아주 저기에서.


과거를 떠올리는 사람들의 눈은 각각 쓸쓸함으로 깊었습니다.

여전했어요.

그런데 분명 어딘가 달라 보였어요.

이렇게 미묘하게 달라 보이려고

다시 만나기까지 오랜 시간이 걸린 게 아닌가 할 정도로요.

분명 미묘하게 달라졌어요.

미소를 지을 때마다 드러나는 자연스러운 주름,

나보다 앞서 두터운 문을 힘껏 밀 때 보이는 팔의 잔근육,

슬퍼서가 아니라 매사에 감동을 느낄 줄 알게 되어 젖은 눈.

'오랜만'이란 단어조차 생경스러워 다급히 목구멍으로 삼킬 때,

달라진 그 사람만큼 나도 달라졌음을 깨달았어요.


시간은,

낯섦을 익숙함으로 변하게 하지만

아주 익숙했던 것을 문득 낯설게도 만들어요.

시간의 달팽이, 43 x 48 cm, 한지에 채색, 2013

익숙해지다

# 미틈달

십일월, 가을에서 겨울로 치닫는 달

떠난다고
마지막은 아니다.

이제는
'돌아올 수 있는 사람'이 되니까.

여행, 70 x 50 cm, 한지에 채색, 2013

완전변태(完全變態) (부분 보정), 한지에 채색, 2016

나비의 유충은 번데기가 되기 위해 특별한 장소를 찾아 헤맨다.
낙엽 속, 돌 밑, 나무줄기 등을 헤매다 마땅한 곳을 발견하면
그곳과 같은 보호색을 하고 날아오르는 긴 꿈을 꾼다.

우리 모두에게도 번데기의 단계가 필요하다.
번데기 안에서 시간이 익어가고 내장이 발달되어
비로소 성충이 되면,
(나비는) 더 멀리 날고 보다 더 안전하게 착지할 수 있게 된다.
가볍고 아름다운 나비가 그토록 단단한 이유다.

비가 세상을 두드린 건 어제였다.

그런데 그 비는 하염없어서
내리고 또 내리다가
어느 순간,
비라는 이름을 잊었다.
따라서 비를 비라고 부를 수 없을 때조차
비는 내리고 있었다.

냉장고 문을 열어보니 비가 내리고 있었다.
내 마음을 훑고 가는 건 냉기만이 아니었다.
옷장 문을 열어보아도,
내 신발 속에도,
낡은 사진첩에도,
언니의 어깨 위에도.

놀랄 만큼 가슴이 아팠다.

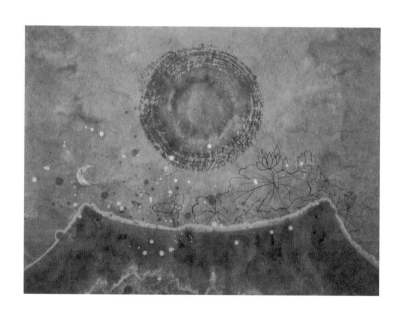

일월연화도(日月蓮花圖)-건국, 125 x 95 cm, 한지에 채색, 2015

책을 읽었다.

버스가 흔들렸지만 책을 읽었다.

비린내가 나고 버스가 흔들렸지만 책을 읽었다.

어떤 아저씨에게서 비린내가 나고 버스가 흔들렸지만 책을 읽었다.

종점까지 갔다.

내리기 싫어서 종점까지 갔다.

그만, 내리기 싫어서 종점까지 갔다.

환승을 놓쳐 그만, 내리기 싫어서 종점까지 갔다.

책을 읽다가 환승을 놓쳐 그만, 내리기 싫어서 종점까지 갔다.

버스정류장에서 책을 읽다가 환승을 놓쳐 그만, 내리기 싫어서 종점까지 갔다.

다음 버스를 기다리며 버스정류장에서 책을 읽다가 환승을 놓쳐 그만, 내리기 싫어서 종점까지 갔다.

애환을 느꼈다.

서민의 애환을 느꼈다.

어묵을 먹다가 서민의 애환을 느꼈다.

따뜻한 국물과 함께 어묵을 먹다가 서민의 애환을 느꼈다.

특별한 이유를 만들기 위해 따뜻한 국물과 함께 어묵을 먹다가 서민의
애환을 느꼈다.

종점까지 간 특별한 이유를 만들기 위해 따뜻한 국물과 함께 어묵을 먹
다가 서민의 애환을 느꼈다.

배가 고프지 않았지만 종점까지 간 특별한 이유를 만들기 위해 따뜻한
국물과 함께 어묵을 먹다가 서민의 애환을 느꼈다.

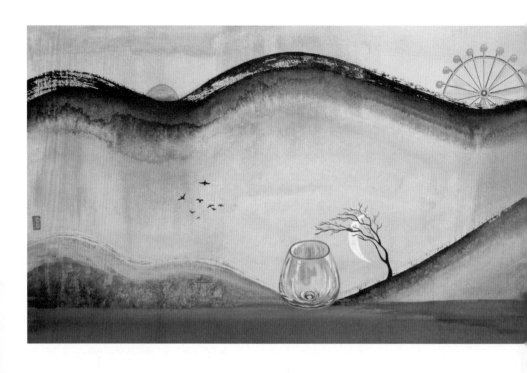

우주의 틈, 70 x 30 cm, 한지에 채색, 2014

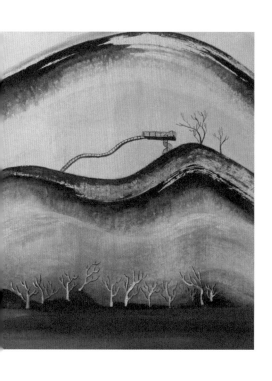

외로울 때,

급한 김에 아무 사람들 사이를 비집고 들어가면 안 돼요.

그러면 정작 '자신'은 잃어버리기 십상이니까요.

겨울 달,
사방에서 모이다

나 아 가 다

매듭달

십이월, 마음을 가다듬는 한 해의 끄트머리 달

내 힘으로는 어찌할 수 없는
시련이 왕왕대는 생의 한가운데에서
미소를 잃지 않는 것은
너와 나를 동시에 살게 하는 일.

이토록 환한
이토록 그리운.

일월산수도-영원I, 50 x 50 cm, 한지에 채색, 2015

일월연화도(日月蓮花圖)-천상세계, 40 x 25 cm, 한지에 채색, 2015

태어날 때부터 한쪽은 시력이 아예 없고, 다른 한쪽만 희미하게 보이는 한 아이는, 모습이 조금 달라요. 그래서 어릴 때부터 친구가 별로 없었다고 스스로 말해요. 살아오며 '잘한다'고 처음 인정받은 게 운동이었대요. 그래서 운동만큼은 계속하고 싶었대요. 열심히 해서 시각장애인 경기대회 골볼 출전 선수가 되었지요. 여러모로 실수도 많았지만, '정말 잘했다'고 해요. 어느 오후 성급한 아이들에게 떠밀려서 난간 밖으로 떨어지는 사고가 있었어요. 아이는 더 이상 운동만은 할 수 없게 되었지요. 울지 않는 것에 익숙한 아이가 마음으로 여러 해 울다가 그림을 배워요.

아이는 힘껏 '잘하고',

나도 힘껏 '정말 잘하는구나' 칭찬해요.

내가 어찌할 수 없는 일들에 가슴 아파하지 마요.

우리가 태어나기 전부터

아주 옛날 옛날 공룡이 쌈박질할 때부터

지구는 둥글었고,

충직하게 이제껏 자전하고 공전해왔어요.

지구가 예고도 없이 갑자기 왼쪽에서 오른쪽으로 갈 리 없죠.

형태가 있는 건 원래가 언젠가는 부서지거나 없어지는 거예요.

그래야 그 자리에 어떤 형태로든 다시 생겨날 수 있으니까요.

어찌해도 말이에요.

세상은 견고하니까요.

내가 어찌할 수 없는 일에 애끓이지 말고

자신에게 부끄럽지만 않게 살아가면 되는 것 같아요.

시간이 좀 걸리더라도 난,

내가 원하는 곳에서, 내가 원하는 모습이 되어

머물고, 흐르고, 생각하고, 그럴 거거든요.

그러면 응당 부끄러워해야 할 사람이 함부로 내 곁에 머물 수는 없으니까.

결국 우리는 무척 안전해져요.

일월연화도(日月蓮花圖)-세월, 40 x 25 cm, 한지에 채색, 2015

일월연화도(日月蓮花圖) - 고차원, 40 x 25 cm, 한지에 채색, 2015

'어쩔 수 없다'는 것은,

뭉게뭉게구름 같아요.

물기 가득한 얼굴 앞에 이미 더 젖어있는 마지막 수건 한 장 같아요.

초작초작 비를 천천히 천천히, 넘칠 만큼 품고 마는 대지 같아요.

'어쩔 수 없다'라는 것은,

내가 탄 버스가 갑자기 큰 교차로를 휘어 달릴 때,

휘어지는 놀람과

나도 모르게 그 버스를 굽어 따르게 되는 내 시선 같아요.

'너 좀 이상하구나'라는 말이 이제는

'너 오늘따라 지나치게 평범하구나'로 들리는 일 같아요.

어쩔 수 없어요.

'어쩔 수 없다.'

그 말은

햇빛이 너무 빛나면 기지개를 펴며 좋아하는 선인장 같단 말이에요.

무거운 가구로 인해 약간 짓이겨진 딱 그 부분만큼의 바닥은
반듯함을 잃었어요.
나중에 가구를 들어내면 그 자리에
'너무' 가구가 있었다는 것을 추측할 수 있을 거예요.
그런 흠은 마치 비밀 같아요.

그리고 그 비밀은,
'흠'이 아니라 때로
가구를 받치는 바닥이 가진 '힘'인 것 같아요.

일월연화도(日月蓮花圖)-힘, 70 x 30 cm, 한지에 채색, 2015

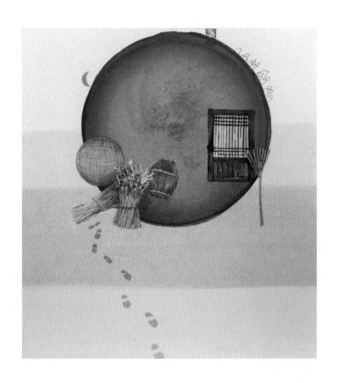

발자국, 20×25cm, 한지에 채색, 2015

유서는 잘 죽지 않는 사람이 쓰는 것이다.
영원히 살 것 같은 사람이
진지하게 곧 죽을지도 모른다고 생각하면서.


'목숨이 연장된다면 얼마나 잘살 것인지'
온 힘을 다해 생각하는 계기가 되기 때문에,
유서는 매번 성장한다.

누군가의 뒤틀린 그리움과
그리움이 마주하여 부딪치느라
새벽 내내 비 대신 서리가 내렸다.
꿈은 도시와 도시를 잇지 못하고
잠결을 따라 흐르다 아침이 되었고,
치미는 한기를 막기 위해
전기장판과 이불 사이에 나를 밀어 넣었다.
이내 정교한 아릿함이 온기와 뒤엉키고.

더우면 밀어내더라도
추우면 끌어당기게 되는,
나는 꼭 너 같고
너는 꼭 나 같다.

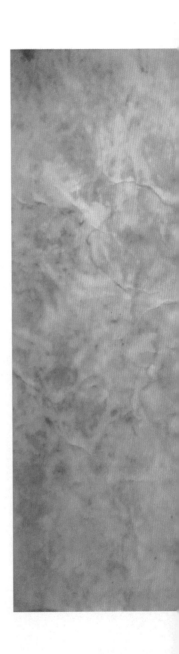

일월연화도(日月蓮花圖)-우주의 나비, 210 x 130 cm, 한지에 채색, 2015

다른 사람에게 툭하면
상처 주는 말을 하는 사람은
본인이 불행해서 그런 것이다.
그러니 나오는 말도 가시 돋칠 수밖에.
다른 사람에게 늘 상처 받는다고 생각하는 사람도
불행하기는 마찬가지이다.
내가 먼저 따뜻한 말 한마디를 건네면
상대로부터 따뜻한 말을 가장 먼저 듣는 사람도
바로 내가 된다.

무력무력, 30×40cm, 한지에 채색, 2014

그리워하다

# 해오름달

일월, 새해 아침에 힘차게 솟아오르는 달

자연과 더불어 계절을 나던 기다림의 시절,
사람이 가장 귀하던 시절,
그리운 시절의 하늘과 땅은
밤낮으로 머얼리 떠있는 것이었다.

일월연화도(日月蓮花圖)-그리움, 30 x 50 cm, 한지에 채색, 2015

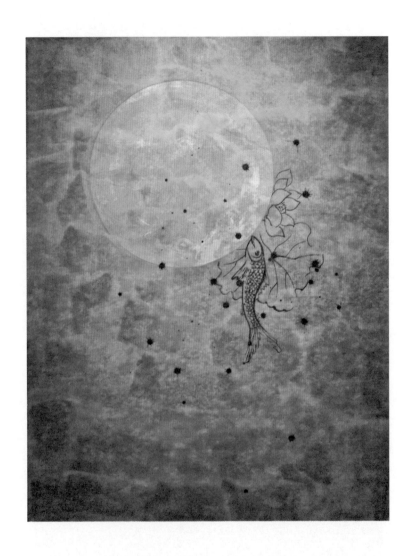

일월연화도(日月蓮花圖)-찰나, 95 x 120 cm, 한지에 채색, 2015

사람은 고통을 받으며 성숙해진다고 하는데,
(어쩌면) 사람들은 그런 과정을 조금도 겪으려고 하지 않아요.
그래서 다짐은 약하고 말은 쉽게 바뀌지요.

수많은 고대인은 자신의 한마디 언약을 위해
생명을 잃더라도 개변하지 않았는데,
오늘날의 사람은 그런 것을 이해 못할 만큼
그 표준이 낮아졌다고 해요.
그런 현상에 나는 진작 크게 놀랐어요.
넋까지 뒤흔드는 일이었어요.

나중에는 천하가 아득해지겠지요.

눈을 감았다가 뜨는 그 찰나를 생각했다.

그 찰나에 '다른 세상'이 있었다.

'그곳'은 이곳 같고 또 저곳 같았다.

눈을 뜨고 있을 때와 소리는 비슷했지만,

눈을 감았을 때 보이는 어둠, 그 사이 사이의 잔상들은

태어나서 처음 보는 것 같기도 하고, 알고 있던 모양 같기도 했다.

틈틈이 불쑥 솟았다가 사라지는 기억들도

계획도 없이 그 잔상들과 함께 아름다웠다.

모든 추억은 나를 성장하게 한다.

사각사각 꿈, 40 x 30 cm, 한지에 채색, 2014

매듭짓다

# 시샘달

이월. 잎샘추위와 꽃샘추위가 있는 겨울의 끝 달

차가운 구름이 해를 얹고 반짝반짝할 때

할머니가 말씀하십니다.

"한낱 꽃도 지면 다시 피는데, 사람은 한 번 가면 오지 않네."

우주여행자1, 40 x 30 cm, 한지에 채색, 2014

우주여행자Ⅱ, 40 x 30 cm, 한지에 채색, 2014

나는,

갑자기 새가 될 수 없는 것이 분했습니다.

분하다, 분하다 하자면 어디 그뿐이겠습니까.

비를 흠씬 맞는 잎사귀가 아닌 것도 분하고,

동구 밖 과수원 길 풋사과가 아닌 것도 분하고,

내가 존경하는 형태가 아닌 나의 것은 하나하나 모조리 분한걸요.

밤이면 언제나 생각이 무르익는다.
하루가 농익어서 자정으로 다가갈 때부터
대낮의 하얀 내가 아스라이 멀어져가고
내일이 채 살갑기도 전에
지샌 달이 온다.
소록소록, 쌓인.
그런 기억은 새파랗고, 하얗고, 회색이고.

일월연화도(日月蓮花圖) – 황금나비 (부분), 한지에 채색, 2015

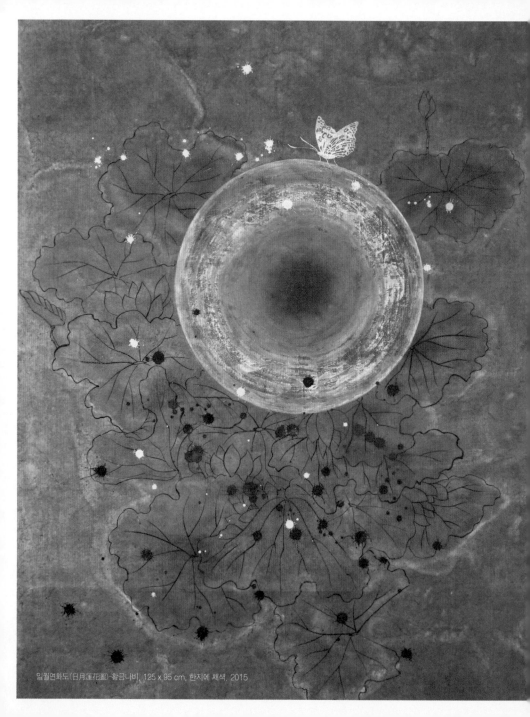

일월연화도(日月蓮花圖)-황금나비, 125 x 95 cm, 한지에 채색, 2015

우주의 소리는 너무 커서 귀로는 들을 수 없고,

우주의 공간은 너무 커서 눈으론 볼 수가 없습니다.

우주 같기란, 역시 시공을 초월하는 일입니다.

가늠도 할 수 없는데

분명 존재하고 있다는 것이,

나를 무척 설레게 했습니다.

뜻밖의 공간에서, 뜻밖의 소리로부터.


내가 알던 세상이 조금 더 커졌습니다.

'하늘에는 헤아리지 못하는 바람과 비가 있고,
사람에게는 아침저녁으로 화와 복이 있다.'
비명 같은 고요를 쥐고 깊은 밤에 있다 보니,
으르름달의 처지도 딱하게 느껴졌어요.
이 순간을 보내려 하고 있어요.
이 순간이 지나야 비로소
숨소리, 두근거림도 발바닥 아래로 저만치 물러나니까요.
네, 도근거려요.
이렇게 겉으로는 가장 고요하고 평온할 때
사실 속으로는 가장 격양되어있어요.

꿈으로 예언을 받고 그것을 새길 때,
일렁이는 빛을 읽고 조금 더 기다려야겠다고 생각할 때,
낯선 공기를 휘저으나 익숙한 징조를 느낄 때,
그저 가만히 있어야 한다 싶을 때.

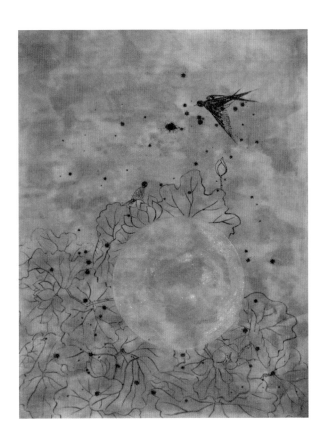

일월연화도(日月蓮花圖)-태평천하, 125 x 95 cm, 한지에 채색, 2015

어떤 달,
수평으로 퍼지다

위 로 하 다

나를 위로하는 달

십삼월, 다름 아닌 나를 내가 껴안는 달

우주는 감추어두었습니다.

보이는 것 외의 그 모든 것을.

일월연화도(日月蓮花圖), 125 x 95 cm, 한지에 채색, 2015

일월연화도(日月蓮花圖)I (부분), 한지에 채색, 2015

'감쪽같이 사라진다'에 대해 생각해요.

분명히 없을 리 없는데, 바로 눈앞에 있다가 사라지는 그런 것들 말이에요.
난 그것들이 눈에 보이지 않는 어떤 틈으로 종적을 감추는 것 같아요.
왜냐하면 어느 날 말도 안 되는 순간에 생뚱맞은 장소에서 나타나잖아요.
그런 생각들이 먼저였고, 없어진 건 그 뒤니까
마음을 비웠으면서도 잃어버린 모든 것을 기다리게 돼요.

달가림, 125 x 95 cm, 한지에 채색, 2015

달가림.

어느 날, 달을 검정봉투에 넣었다.

덕분에 사람들은 가짜 달을 보고 소원을 빌게 되었고,

그 소원들은 좀처럼 이루어지지 않았다.


달을 검정봉투에 넣는 건 간단했다.

달 밝은 밤, 검정봉투를 준비해서 그 안에 넣는다.

사람들 사이에서

사람들과 질서 정연하게 움직이는 나를 봤어요.

그럴 때 나는, 내가 '들' 같아요.

사람 옆에, 사람 앞에, 사람 뒤에, 사람'들'.

들들 맛있게 볶이면서도 사람들 사이에서.


외로운 사람들이 주말에 사라지면

월요일에 발견되는 세상에서 살고 있어요.

그렇게 생각하는 순간 현기증이 일고 입안이 비릿했어요.

외로움은 단단하고 그리하여 깨어질 수밖에 없는 것일까.

이기고 지는 것보다 그 무엇보다,

실은 사람의 목숨이 가장 소중한 것이 아닐까.

노을의 언덕, 15 x 25 cm, 한지에 채색, 2015

일월산수도-빛, 20 x 30 cm, 한지에 채색, 2015

지긋지긋한 편두통만 없어진다면,

혹은 이 끔찍한 치통만 사라진다면

"살겠다"라고 말한다.

우리는 그 '살겠다'는 감정에 집중해볼 필요가 있다.

(지끈지끈한 편두통 없이, 지긋지긋한 치통 없이)

편안하게 숨 쉴 수 있는 매 순간의 안도감,

그 부분을 짚어낼 수 있다면

훨씬 행복해진다. 분명하다.

세계는 언제나 침착하지만

바람이 격하게 부는 날에는 육교가 흔들거려요.

그것을 처음 몸소 느꼈을 때 받은 충격이 아직도 생생해요.

그날은 육교 아래를 차마 바라보지 못한 채 가쁜 숨만 헐떡였지요.

그 이후로 나, 바람이 불면 육교 위로는 절대 올라가지 않아요.

투명한 엘리베이터 또한 너무하지 말이에요.

유리만 치우면 바깥이고, 내가 디딘 땅이 점점 올라가는데

어찌 놀라지 않을 수 있겠어요.

꿈이라면 떨어져서 키라도 크겠지만.


흔들다리를 건널 때, 놀려보겠답시고 뒤에서 흔들어대면

나 기꺼이 실수로 떨어져

두고두고 죄책감에 밥도 못 삼키게 할 거예요.

향하다, 30 x 70 cm, 한지에 채색, 2012

피어나다

우주의 달

지금 아무것도 아니라서 그 무엇도 될 수 있는 달

'흐른다'에 대해 오해하지 말아요.
흘러서 잊힐 거라 (함부로) 생각할지도 모르지만,
'흐른다'는 흘러서 (틀림없이) 쌓이는 거예요.


사람들은 늘 수평으로 흘러요.
달 물결처럼.
사람들은 하늘로 솟아나거나
땅으로 꺼지거나 하지 않고,
그저 나란히들 걸어 다녀요. 별수 없이요.
그게 갑자기 별다르게 느껴졌는데요.
처음엔 우스웠는데
웃다 보니 눈물이 나더라고요.

감(坎), 45 x 43 cm, 한지에 채색, 2014

일월연화도(日月蓮花圖)-화조도, 45 x 45 cm, 한지에 채색, 2015

ㅊ과 ㄹ의 소리들과 함께

물속에 있었습니다.

가끔 ㄸ의 소리.

물방울은 위에서 아래로 떨어집니다.

물방울은 몸의 곡선을 따라 움직이면서도

제 존재를 동그란 형태로 유지하는,

힘을 가지고 있습니다.

그런 물의 힘.

일월연화도(日月蓮花圖)-소망, 60 x 45 cm, 한지에 채색, 2015

작은 실천은 별로 도움이 되지 못할 거라는 소극적인 태도 때문에,

우리는 곤경에 빠지는지도 몰라요.

악한 사람들은 대개 어이없을 정도로 비열하고 추진력도 거침없잖아요.

사람들의 문화 의식이나 '사람을 생각하는 마음',

선행 수준이 높아지길 바라요.

그럼 함부로 수준 이하의 일들이 발생되진 않겠지요.

나는 그렇게 생각해요.


악한 사람들의 어이없을 정도로 비열하고 적극적인 태도를

선한 사람들도 배우는 거예요.

말하자면 치열하고 열심히 착해지는 것이지요.

그러면 악한 사람들이 얼마나 어이가 없겠어요.

정말 기가 차겠지요.

집으로 돌아가는 길, 층층이 계단에

두 계단에 한 번꼴로 붉은 자국이 묻어있었다.

곧 오른발로 홍시를 밟은 어떤 사람이 계단을 올라갔구나, 생각했다.

계단 끝에는 마구 짓이겨진 자국이 있었는데,

그 사람은 그때야 홍시를 벗겨내려고 한 것 같았다.

사실 사람이 가는 길은

선홍빛 홍시를 밟지 않아도,

자국이 남는다.

기도의 밤, 40 x 30 cm, 한지에 채색, 2014

우주의 집, 40 x 30 cm, 한지에 채색, 2014

누구나 알 것 같지만 누구나 모르는 이유,

누구나 알았지만 누구나 모르게 된 이유,

그런 소중한 이유들.


돌아가신 외할머니가 그러셨는데,

옛날 사람들은 초가지붕 위에 박을 올려 키웠대요. 그럼 박이 습도 높은 여름에도 짚의 습기를 다 빨아들여 구더기가 잘 생기지 않았다고 해요. 또한 박이 익으면 반으로 잘라 속을 파 국으로 끓여 먹고, 그 껍질은 바가지로 만들어 썼대요.

그리고 낫이 'ㄱ'자로 휘어있는 것은 실수로 잘못 사용해 다치더라도 타인이 아닌 자신이 다치라고 일부러 휘게 만든 거래요.

문과 창문도 못질 없이 만들었는데, 그건 최대한 자연을 해치지 않고 있는 그대로를 활용한 것이라고 해요. 또한 인공적으로 정원을 만들어 가꾸기보다는 자연 속에 정자를 지어 본연의 모습을 즐겼다고 해요.


이렇듯, 옛날 사람들은 언제나 자연과 더불어 사는 삶을 먼저 생각했어요.

있잖아요, 세상은 바뀔 수 있어요. 일단, '난세의 영웅'이 필요하다고 생각하는 사람이 그 역할을 맡으면 돼요. 안으로는 빨간 팬티를 입고, 조용히 빨간 망토를 구입하면 모든 것은 시작이 돼요. 어느 날 그는 빨간 팬티를 바지 밖으로 입을 용기가 생길 거예요. 그럼 하늘을 날 수는 없지만, 나는 것처럼 격한 속도로 도망은 다닐 수 있겠죠. 물론 그 바람에 미처 지구를 구할 경황은 없을 거예요. 하지만 악의 무리로부터 털끝 하나 다치지 않고 집으로 돌아간다면, 이 세상에 희망은 있어요.

일월연화도(日月蓮花圖) – 수줍음, 30 x 45 cm, 한지에 채색, 2015

일월연화도(日月蓮花圖) - 하늘오봉도, 210 x 130 cm, 한지에 채색, 2015

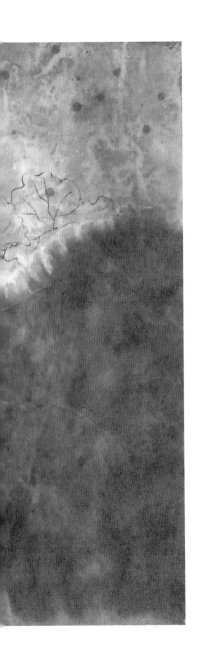

번잡한 버스 안에서
'똑 부러지게 기도하는 방법'에 대해
오래오래 시끄럽게 통화하는 아주머니가
참으로 딱했습니다.
자신은 다리를 절면서도,
아기를 힘겹게 안은 사람에게 자리를 양보하는
또 다른 아주머니가
'살아있는 기도'인데 말예요.

오래오래 꼼꼼히 목욕을 하고 나면
나에게 닿는 모든 것에서 깨끗하지 않은 냄새가 난다.
말랑말랑한 발바닥에는 이물질도 더 잘 붙고,
조금 전에 입었던 옷은 괜히 불편하게 느껴진다.

너무 맑은 물에는 물고기가 살 수 없다.
조금 더러워도 적당히 털어내고
그 더러움을 견딜 수 있는 것이 어쩌면
세상과 친해지는 방법인지도 모르겠다.
먼지란 털고 난 직후부터 쌓이기 시작하는 거니까
어찌해도 완벽한 청렴결백이란 있을 수 없는 것이다.

다만, 자신은 알고 있으니까,
스스로 떳떳하기 위해,
언제나 스스로를 닦고 중심을 잡아주어야 한다.

생각의 강, 40 x 30 cm, 한지에 채색, 2014

위대한 코끼리, 50 x 50 cm, 한지에 채색, 2015

들숨과 날숨 사이엔 '순간'이 있어요.

고요히 들숨, 순간, 날숨에 집중하다보면

호흡의 위대함을 알게 되어요.

들숨과 날숨으로 목숨을 연장하고

순간에 집중하면 여유를 배우게 되어요.

애쓰지 말아요.

조금 느슨하게 생각해요.

애를 쓰면 마음이 닳아요.

조금 덜 갖고 조금 덜 기대하면 되어요.

그러면 이상하게 행복해져요.

# 이토록 환해서 그리운
copyright ⓒ 2016 전수민

글·그림 전수민

1판 1쇄 인쇄 2016년 4월 28일
1판 1쇄 발행 2016년 5월 4일

**발행인** 신혜경
**발행처** 마음의숲

**대표** 권대웅
**편집** 송희영, 김보람
**디자인** 고광표
**마케팅** 노근수, 황환정

**출판등록** 2006년 8월 1일(105-91-03955)
**주소** 서울시 마포구 동교로 144-13(서교동 436-32, 2층)
**전화** (02) 322-3164~5 | **팩스** (02) 322-3166
**페이스북** facebook.com/maumsup
ISBN 979-11-87119-73-9 (03810)